我最喜爱的名人故事(中英双语)

MW01707120

诺贝尔

作者：Lee Sang Kyo　绘者：Lee Young Hoon

西安交通大学出版社
XI`AN JIAOTONG UNIVERSITY PRESS

June and her father took the bus to visit her grandmother in the countryside.

There were over ten buses waiting at the bus **terminal**. And while they were waiting, June's father read a newspaper.

June sat next to him and leaned over to look at the newspaper.

She saw a picture of an old man with a **fluffy** beard, **engraved** on a **circular** medal.

小君跟爸爸准备坐公共汽车到乡下的奶奶家。

车站里排着十多辆公交车。爸爸利用等车的时间看报纸。

小君坐在爸爸身旁，倾着身子一起看报纸。

她看到一张图：圆圆的奖牌上刻着一位大胡子的爷爷。

Notes

Notes

Notes

"Daddy, who is this old man?" June asked.

"This old man is Mr. Alfred Nobel. He's the **inventor** of **dynamite**."

"Why is his picture on the medal?"

"Because he created the Nobel Prize. The winners are all people who **achieved** great things for **humanity**."

"爸爸，这个老爷爷是谁？"小君问道。

"这是艾尔弗雷德·诺贝尔爷爷。他发明了炸药。"

"奖牌上为什么会有诺贝尔爷爷呢？"

"因为他设立了诺贝尔奖，得奖者都是为人类作出杰出贡献的人。"

Notes

"What is dynamite?" June asked **curiously**.

"Dynamite is an **explosive** that is used in **mining** and **construction**."

June wondered how Mr. Nobel invented dynamite.

"那炸药是什么？"小君好奇地问。

"炸药是一种具有爆炸性的物质，常用于采矿和建筑。"

小君非常想知道诺贝尔爷爷是如何发明炸药的。

Notes

VROOM VROOM...
The bus was about to leave.
June held Daddy's hand and walked onto the bus.
Looking over at June, Daddy continued to tell his story...
"轰隆隆，轰隆隆……"
汽车要出发了。
小君拉着爸爸的手上车了。
爸爸看着小君，继续给小君讲故事……

Notes

Alfred's father was also an inventor. He left his home country, Sweden, to sell his **inventions** in Russia and open his own factory, when Alfred was a child.

When Alfred was older, his father asked, "Alfred, your two brothers have decided to become **engineers** like me. What about you?"

"Father, I want to become a poet."

Although young Alfred was **gifted** in science, he was more interested in poetry and **literature**.

艾尔弗雷德的爸爸也是个发明家。他离开祖国瑞典，将自己发明的炸药卖到俄国，还在那里开了自己的工厂。那时艾尔弗雷德还很小。

艾尔弗雷德长大后，父亲问他："艾尔弗雷德，你的两个哥哥决定和我一样做工程师，你呢？"

"爸爸，我想做诗人。"

尽管年轻的艾尔弗雷德在科学研究方面颇有天分，但他更喜欢诗歌和文学。

Notes

Notes

Notes

"This is **unacceptable**. I will send you abroad to study science **immediately**," said his father.

Alfred was sent abroad to study and become a **chemical** engineer.

However, he was not interested in scientific research. Instead Alfred enjoyed spending his time playing with words and language, and could speak and write in five languages: Swedish, Russian, French, English, and German.

But Alfred loved his family very much, and **eventually**, he decided to return to Russia to work with his father and brothers.

"我不能接受！我会立刻把你送到国外去学习技术。"父亲说。

于是，艾尔弗雷德被送到国外，成为一名化学工程师。

但是，他并不喜欢科学研究，反而热衷于舞文弄墨。他可以用瑞典语、俄语、法语、英语和德语五种语言说话和写作。

但是艾尔弗雷德非常爱他的家人。最终，他决定回到俄国，跟爸爸和哥哥们一起工作。

Notes

"I hope the **gunpowder** will explode just like it did during our **experiments**..."

"希望火药能像试验时一样爆炸。"

Because they did not want to affect the villagers, the Nobel men went to a lake that was far away from the village.

为了不影响到居民，诺贝尔父子四人来到远离村子的湖边。

"Ready, set. GO!"

"准备，点火。引爆！"

After their father sent the **signal**, there was a loud BANG.

父亲一声令下，炸药发出一声巨响。

Water from the lake shot up into the sky, creating a large **splash**.

湖水涌起了一股水柱，直冲上天，飞溅到四处。

"It's a success!"

"成功了！"

Notes

Notes

Notes

Then, a war started between Russia and a few other countries.

"Help us create bombs that are **powerful** enough to destroy the enemies' **warships**." The Russian government ordered Alfred's father to create bombs for the war.

In order to make the bombs, Alfred's father spent a lot of money to **expand** his factory.

But after Russia lost the war, the factory had no more work. Since Alfred's father had spent all his money on the factory, the Nobel family slowly had less and less money.

不久，俄国与其他几个国家间爆发了战争。

"你要帮我们制造出能摧毁所有敌军战舰的炸药。"俄国政府命令诺贝尔的父亲制造用于战争的炸药。

为了制造炸药，诺贝尔的父亲花费了大量金钱扩建工厂。

但是，俄国战败了。工厂再也没有订单可接。诺贝尔父子的钱全部用在扩建工厂上，慢慢地，他们的钱越来越少。

Notes

With almost no money left, the Nobel family left Russia, leaving only Alfred's two older brothers there.

"Be strong and **take care of** one another," the father told the two sons. Then, father, mother, and the two younger brothers (including Alfred) returned to Sweden.

With much hard work and **devotion**, the Nobel family became very successful. Alfred and his father continued doing experiments and inventing new things.

在几乎破产的情况下，诺贝尔一家离开了俄国，只留下了两个哥哥。

"你们要坚强，要互相照顾。"父亲对两兄弟说。之后，父亲、母亲带着艾尔弗雷德和弟弟一起返回瑞典。

经过艰苦的工作和不懈的努力，诺贝尔一家取得了成功。艾尔弗雷德和父亲继续进行试验和发明。

Notes

Notes

Notes

One day, Alfred was **overflowing** with **excitement**. His younger brother, Emil, and father ran over to see what the **fuss** was.

Alfred has been experimenting with **nitroglycerin***, and found that it was easily explosive.

"Look how powerful it is! Think of how many ways people could use it, if it was safer and easier to use!"

Alfred's father agreed with him, "Let's continue your experiments with nitroglycerin, and see what we can do!"

一天，艾尔弗雷德非常兴奋。他的弟弟埃米利和父亲一起跑过来看发生了什么事。

艾尔弗雷德一直在研究硝化甘油*，他发现这种物质非常容易爆炸。

"看它的威力多强！如果能找到更安全和简单的用法，试想一下它的用途该有多大啊！"

父亲完全赞同艾尔弗雷德的看法。"继续硝化甘油的试验吧！我们拭目以待。"

Notes

*硝化甘油：一种无色油状爆炸性液体。

One hot summer day, on their way to one of the Nobel factories, Alfred and his father heard a loud noise.

BANG!!!

"Hurry, Alfred. Let's go take a look!" The two of them hurried towards the factory.

Just as they had feared, the factory had **collapsed**. The entire surrounding area was destroyed.

"Emil! Emil!" Alfred's younger brother was at the factory and was killed when the accident happened.

Alfred was **devastated** by Emil's death. From then on, he was **determined** to only make safe explosives that would not blow up even when shaken or dropped on the ground.

一个炎热的夏天，艾尔弗雷德和父亲正在去工厂的路上，他们听到一声巨响。

"砰！"

"艾尔弗雷德，咱们快去看看！"两个人急忙朝工厂的方向跑去。

正如他们所担心的那样，工厂已经坍塌，周围一片狼藉。

"埃米利！埃米利！"事故发生时，艾尔弗雷德的弟弟正在工厂里，不幸遇难。

艾尔弗雷德为埃米利的死深感悲痛。从那以后，他决心只制造即使摇动或掉在地上也不会爆炸的安全炸药。

Notes

Notes

Notes

One day, as Alfred was researching on how to make the nitroglycerine safer to use, he noticed that the **liquid** was being **absorbed** by a special type of earth **substance** in a tray.

"Yes. This is it!" With this new discovery, Alfred had finally created a safer explosive. This is what we now call dynamite.

With the invention of dynamite, it became much easier to blast through mountains and rocks.

一天，当艾尔弗雷德正在研究如何更安全地使用硝化甘油时，他发现液体的硝化甘油可以被盘子里一种特殊的土壤吸收。

"对，就是这个！"这个发现使诺贝尔终于研制出了安全的火药。这就是我们今天所说的炸药。

有了炸药，炸山和岩石的工作就变得容易多了。

Notes

However, there was one problem.

"The dynamite you invented is hurting people!"

"Dynamite is being used as a **weapon** of war!"

To a good man like Alfred, this was an **unimaginable** outcome of his hard work.

"This was not my intention..." When he saw that his invention was being used to harm and kill people, Nobel was **heartbroken**.

"Is there any way to change this?"

但是，问题出现了。

"你发明的炸药正在伤害人类！"

"炸药被当作战争武器！"

对于像艾尔弗雷德这样善良的人来说，这是他之前从未想到的。

"这并不是我的本意……"看到自己的发明被用于伤害人类，诺贝尔感到非常心痛。

"有没有什么方法能改变这一切呢？"

Notes

Notes

Notes

"In the end, Nobel decided to create an award, giving everything he owned to it. This is now known as the Nobel Prize."

"Daddy, what kind of people can receive this prize?" June was **curious**.

"The Nobel Prizes are given to people who have **contributed** a lot to their field of work. There is a prize for Physics, Chemistry, Medicine, and Literature, as well as a special one called the Nobel Peace Prize."

"最终，诺贝尔爷爷创立了一个奖项，将自己的全部财产作为资金。这就是人们今天所说的诺贝尔奖。"

"爸爸，什么样的人才能得到这个奖呢？"小君好奇地问道。

"诺贝尔奖颁发给那些在自己的领域有突出贡献的人。这个奖包括物理、化学、医药和文学，还有一个特别的奖项叫诺贝尔和平奖。"

Notes

As June's father was telling the story, the bus drove through a long tunnel.

"Even though dynamite was used in wars, it was also used for good things. For example, this **tunnel** was created with dynamite **blasting** through the rocks. Without it, we would have to go over or around the mountain to get to grandma's house."

在小君的爸爸讲诺贝尔的故事的时候，他们坐的汽车正奔驰在一个长长的隧道里。

"虽然炸药被用于战争，但是它也被用在对人类有益的地方。像这条隧道就是用炸药将岩石炸开才开通的。如果没有它，我们只能绕山去奶奶家了。"

Notes

As June looked behind them and saw the big mountain the bus just passed through, she continued listening to her father.

"Something can be great or **terrible depending on** how you use it. Alfred Nobel created the Nobel Prizes as a way of taking **responsibility** for all of the pain that his invention of dynamite caused."

小君回头看看身后刚刚经过的大山，接着听爸爸讲故事。

"事物是好是坏要看你怎么用它。艾尔弗雷德·诺贝尔用创立诺贝尔奖的方式来弥补他发明的火药给人类带来的伤害。"

Notes

"The Nobel Prize is really great!"

"Of course!" Then, her father began to tell June about some famous people who had received the Nobel Prize.

"The German scientist Albert Einstein received the Nobel Prize in physics; And the American writer Pearl Buck received the Nobel Prize in literature for writing about life in China; There is also Mother Teresa from India received Nobel Peace Prize..." Daddy explained to June that there were many other great people who had received the Nobel Prizes.

"It was also very important to Mr. Nobel that **whoever** won the prize was the best, and that it did not matter what country they came from."

"诺贝尔奖真是了不起啊！"

"当然了！"爸爸继续介绍得过诺贝尔奖的其他名人。

"德国的科学家阿尔伯特·爱因斯坦获得过诺贝尔物理学奖；美国作家赛珍珠凭借描写中国生活题材的作品获得了诺贝尔文学奖；还有在印度传教的特蕾莎修女获得诺贝尔和平奖。"爸爸告诉小君还有很多其他伟人获得诺贝尔奖。

"对诺贝尔爷爷来说，获得诺贝尔奖的人都是最优秀的，无论得奖者来自哪个国家。"

Notes

Notes

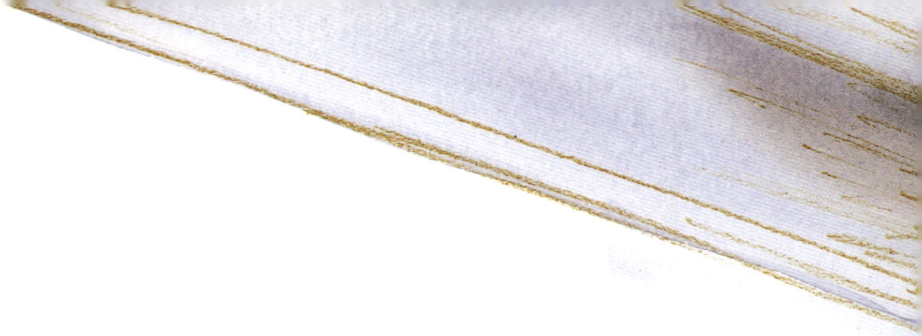

“Daddy, has any Chinese received a Nobel Prize?” June asked.

“Of course! Many Chinese people have received Nobel Prizes.”

“Really?” June looked out the window and thought, “When I grow up I will do something **meaningful** and great. I, too, want to receive the Nobel Prize!”

“爸爸，我们华人也有获得诺贝尔奖的吗？”小君问道。

“当然，很多华人都曾经获得过诺贝尔奖。”

“这是真的吗？”小君望着窗外心里想着：“长大后我也要做些有意义的事，我也要获得诺贝尔奖！”

Notes

Notes

认识一下小虎、小兔和鹦哥吧！

小虎

我是只胆小的虎崽儿。虽然小兔常常笑我是胆小鬼，但我认为那是我待人亲切、做事小心的缘故。别看我总是被小兔捉弄，其实那是我让着它。

小兔

我是只豪爽活泼的小兔子。我有漂亮的粉红色的毛，有明快的性格，这些让我显得魅力十足哟。捉弄小虎的时候我最开心了。话虽这么说，其实呀，我最能包容小虎了。

鹦哥

我是聪明能干的鹦鹉。不管小虎和小兔有什么不明白的，我都能给它们讲明白。这是因为我从小到大读了很多书，知识才这么丰富。一句话，我就是个问题解答专家。

益智游戏开始啦！

向诺贝尔学习

什么是诺贝尔奖？

诺贝尔奖是根据诺贝尔遗嘱所设立的。他在遗嘱中提到：“请将我的财产变作基金，每年用这个基金的利息作为奖金，奖励那些为人类作出贡献的人。”

为了纪念诺贝尔，每年的12月10日，也就是诺贝尔逝世那天，被定为颁奖日。获奖者可以得到金牌、奖状和奖金。每个获奖人的奖状都是特别订制的。因奖项不同，奖牌的图案也会不同。得过奖的人，仍可因为有卓越贡献而再度获奖，像居里夫人那样，她是第一位获得诺贝尔奖的女性，也是第一位在不同领域两度获得诺贝尔奖的人。诺贝尔奖依奖项不同，由不同单位颁发。

诺贝尔奖的分类

初期的诺贝尔奖奖项

诺贝尔奖颁给在不同领域有重要发现或发明的人。奖项有物理学奖、化学奖、生理学或医学奖。另外，文学奖是颁发给那些“在文学方面创造出有理想主义倾向的最佳作品”的人。和平奖颁发给为国与国之间的友好而努力、废除使用武力和为此作出贡献的人。

1969年设立了第六个奖项

瑞典银行成立三百周年纪念时设立了经济学奖，每年由此银行提供与当年诺贝尔奖金相同金额的奖金，交由诺贝尔基金会统一使用。由瑞典皇家科学院颁发。

诺贝尔奖的得奖华人

诺贝尔奖颁发以来，得奖的大都是西方人，不过也有优秀的华人得奖。他们分别是1957年物理学奖得主杨振宁、李政道；1976年物理学奖得主丁肇中；1986年化学奖得主李远哲；1997年物理学奖得主朱棣文；1998年物理学奖得主崔琦等。

诺贝尔奖的颁发

1901年12月10日诺贝尔奖第一次颁发，包括文学、物理学、化学、生理学或医学奖。从1902年开始，诺贝尔奖每年由瑞典国王亲自颁发。颁奖地点是在诺贝尔的故乡瑞典首都斯德哥尔摩，只有和平奖是在挪威首都奥斯陆颁发。除了和平奖以外，诺贝尔奖不颁发给任何团体。在1917年、1944年和1963年，和平奖被颁发给红十字国际委员会。

诺贝尔奖的奖金丰厚，同一年度的奖项奖金是一样的。每个奖项最多不可超过三人分享（除和平奖外）。如果当年无人得奖，则奖金可保留到下一年。

谁曾获得诺贝尔奖？

继续介绍曾经获得诺贝尔奖的代表人物。爱因斯坦曾获得诺贝尔物理学奖，史怀哲得过诺贝尔和平奖。有伟大的发明或发现，写出好文章或为他人服务，皆有获得诺贝尔奖的机会。

居里夫人

居里夫人曾经两度获得诺贝尔奖。1903年她和丈夫皮埃尔·居里一起发现了放射性元素钋和镭而获得诺贝尔物理学奖。1911年由于成功萃取出镭元素，她又获得诺贝尔化学奖。放射性元素现在被广泛利用，它可以帮助治疗癌症、测定地质年份并产生出庞大的能量供人们使用。

特蕾莎修女

被尊称为“穷人的母亲”的特蕾莎修女，于1979年获得诺贝尔和平奖。虽然出生于马其顿，但她远到千里之外的印度从事传教活动，救助濒临死亡的人们、弃婴和老人。她在东南亚、欧洲、非洲、澳洲和拉丁美洲等地建立传教会，帮助有需要的人们。

丘吉尔

丘吉尔曾当过记者，文笔流畅。在二战后，他卸任首相，开始着手书写他在战争期间的所见所闻，出版《第二次世界大战回忆录》。此书不仅详述战争历史，还富有文学价值，于1953年获得诺贝尔文学奖。

弗莱明

弗莱明发现了一种能杀菌的青霉菌，推动抗生素盘尼西林的问世，拯救了许多生命。因此他于1945年和提炼出盘尼西林的钱恩、弗洛里一同获得诺贝尔生理学或医学奖。

寻找诺贝尔奖的主人

请沿着路线找出这些人分别获得什么领域的诺贝尔奖？

物理学奖
化学奖
经济学奖

制作奖状

大家想设立什么样的奖项呢？你可以设立读书奖、亲切奖和友谊奖等多种奖项。请大家学习像诺贝尔一样设立奖项，然后颁发给朋友或家人。

沿裁切线剪下下一页的奖状，准备制作奖状所需的蜡笔、签字笔和彩纸等。

在奖状左面用图表示要颁发何种奖状。可以用蜡笔、签字笔等画图，剪下彩纸和杂志粘贴上去也可以。

在奖状右面写奖项的名称、获奖人姓名和相关内容。

精心制作的奖状完成了。

裁切线
内折线

______奖

获奖人______

______

______

成为大家的楷范，特此予以表彰并授予奖状。

______年____月____日

奖状

制作奖牌

试着参考诺贝尔奖的奖牌来制作一面新的奖牌。剪下下面的奖牌，正反面对齐粘好。在奖牌背面写上奖牌的名称。在奖牌上面的小孔内穿入绳子，就能挂在脖子上了！将你制作的奖状和奖牌一起颁发给家人或朋友吧！

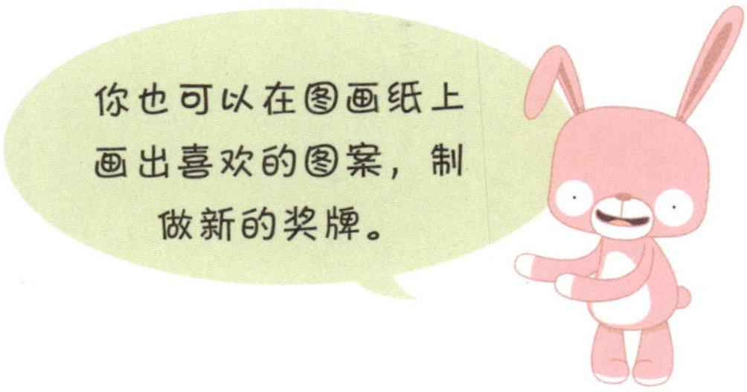

奖牌正面　　奖牌正面　　奖牌正面

奖牌背面　　奖牌背面　　奖牌背面

另类诺贝尔奖

小虎和小兔参加竞猜比赛，回答关于诺贝尔奖的问题。主持人问：“什么是另类诺贝尔奖？”小虎与小兔是否能回答这个问题呢？让我们看看他们的实力。

诺贝尔奖是非题

下面有关诺贝尔奖的说明中哪些是正确的，哪些是错误的？在正确的说明旁贴上小虎帖纸，在错误的说明旁贴上小兔贴纸。

1 每个领域的诺贝尔奖奖牌图案都相同。

2 诺贝尔奖不会颁发给同一个人两次。

3 诺贝尔奖奖状的图案是特别订制的，每张奖状上的图案都不同。

4 有人曾经拒绝接受诺贝尔奖。

5 曾有团体获得诺贝尔奖，例如红十字会。

6 有个家族的妈妈、爸爸和女儿都曾获得诺贝尔奖。

7 所有诺贝尔奖的颁奖仪式都在瑞典首都斯德哥尔摩举行。

威力强大的达纳炸药

达纳炸药是一种能炸掉一座山的强力炸药。使用达纳炸药，就不用人工挖掘隧道或开矿坑，从而减轻了工作的危险性。但是若被用于战争，则会危害人们的生命。

你现在了解达纳炸药的用处了吗？请在下图中需要使用达纳炸药的地方贴上贴纸。

我想知道正确的答案

仔细地走，就能找到正确答案。

40~41页

48页

1 诺贝尔奖的奖牌依据奖项的不同类型而不同。

2 一人可以多次获得诺贝尔奖。居里夫人就曾获得过两次诺贝尔奖。

3 是为了获奖者特别订制的图案，是一件艺术作品。

4 历届得主中有人因政治因素而拒绝获奖，而像法国作家萨特以“拒绝任何官方的奖项”而婉拒的情形是罕见的。

诺贝尔奖是非题

下面有关诺贝尔奖的说明中哪些是正确的，哪些是错误的？在正确的说明旁贴上小虎帖纸，在错误的说明旁贴上小兔贴纸。

1 每个领域的诺贝尔奖奖牌图案都相同。

2 诺贝尔奖不会颁发给同一个人两次。

3 诺贝尔奖奖状的图案是特别订制的，每张奖状上的图案都不同。

4 有人曾经拒绝接受诺贝尔奖。

48

49页

5 诺贝尔和平奖可以颁发给团体或机构。国际红十字会曾三次获得诺贝尔和平奖。

6 居里夫妇都曾获得过诺贝尔奖，他们的女儿也于1935年获得诺贝尔化学奖。

7 诺贝尔奖中的和平奖在挪威的奥斯陆颁发。

50~51页

人们能利用达纳炸药挖掘隧道与开发矿山，兴建房子或炸开大石头来进行工程作业，以及炸毁老旧建筑物等。

但它又被用于战争，危害人类生命并炸毁某些重要的文化遗产。

生词表

P2
terminal ['tɜːmɪnl] *n.* (汽车)终点站
fluffy ['flʌfɪ] *a.* 松软的
engrave [ɪn'greɪv] *v.* 雕刻
circular ['sɜːkjələ(r)] *a.* 圆形的

P5
inventor [ɪn'ventə] *n.* 发明家
dynamite ['daɪnəmaɪt] *n.* 炸药
achieve [ə'tʃiːv] *v.* 达到，取得
humanity [hju(ː)'mænətɪ] *n.* 人类

P6
curiously ['kjʊəriəslɪ] *ad.* 好奇地
explosive [ɪk'spləusɪv] *n.* 爆炸物
mining ['maɪnɪŋ] *n.* 采矿
construction [kən'strʌkʃn] *n.* 建筑

P8
invention [in'venʃn] *n.*发明物
engineer [ˌendʒɪ'nɪə(r)] *n.* 工程师
gifted ['gɪftɪd] *a.* 有天才的
literature ['lɪtrətʃə(r)] *n.* 文学

P11
unacceptable [ˌʌnək'septəbl] *a.* 不能接受的
immediately [ɪ'miːdɪətlɪ] *ad.* 立即地
chemical ['kemɪkl] *n.*化学品
eventually [ɪ'ventʃuəli] *ad.* 最终

P12
gunpowder ['gʌnpaʊdə(r)] *n.* 火药
experiment [ɪk'sperɪmənt] *n.* 试验
signal ['sɪgnəl] *n.* 信号
splash [splæʃ] *n.* 飞溅

P15
powerful ['paʊəfl] *a.* 强有力的
warship ['wɔːʃɪp] *n.* 舰艇
expand [ɪk'spænd] *v.* 扩建

P16
take care of 照顾
devotion [dɪ'vəʊʃn] *n.* 献身

P19
overflow ['əʊvəfləʊ] *v.* 充满
excitement [ɪk'saɪtmənt] *n.* 激动
fuss [fʌs] *n.* 大惊小怪
nitroglycerin [ˌnaɪtrəʊ'glɪsəriːn] *n.* 硝化甘油

P20
collapse [kə'læps] *v.* 倒塌
devastate ['devəsteɪt] *v.* 毁坏
determine [dɪ'tɜːmɪn] *v.* 决心

P23
liquid ['lɪkwɪd] *n.* 液体
absorb [əb'sɔːb] *v.* 吸收
substance ['sʌbstəns] *n.* 物质

P24
weapon ['wepən] *n.* 武器
unimaginable [ˌʌnɪ'mædʒɪnəbl] *a.* 无法想象的
heartbroken ['hɑːtbrəukən] *a.* 悲伤的

P27
curious ['kjʊəriəs] *a.* 好奇的
contribute [kən'trɪbjuːt] *v.*贡献

P28
tunnel ['tʌnl] *n.* 隧道
blast [blɑːst] *v.* 爆炸

P29
terrible ['terəbl] *a.* 可怕的
depend on 依赖
responsibility [rɪˌspɒnsə'bɪlətɪ] *n.* 责任

P30
whoever [huː'evə(r)] *pron.* 无论谁

P32
meaningful ['miːnɪŋfl] *a.* 有意义的

作者简介：

作者：Lee Sang Kyo

有一个每逢生日就喜欢放鞭炮的弟弟。弟弟小时候常把鞭炮说成“炸弹”。在写诺贝尔故事的过程中，作者时常想起弟弟小时候放鞭炮的趣事，不知不觉地发笑。自从在《东亚日报》和《朝鲜日报》新春文艺上发表童诗和童话以后，就开始了作家的生涯。曾荣获韩国童话文学奖、海疆儿童文学奖、世宗儿童文学奖等。主要著作有《滑雪的大夫》、《兔子值日生》、《小屋》等。

绘者：Lee Young Hoon

把画画当成生活的重心，实现了小时候想当画家的梦想。所谓有志者事竟成，鼓励大家也要心怀梦想和勇气来看世界。曾获《中央日报》的广告插图大奖。目前任职于广告和出版领域。主要作品有《巴布洛》、《珍古德》、《特蕾莎修女》、《香奈儿》等。

我要像诺贝尔

一样＿＿＿＿＿＿＿＿＿＿＿＿。

图书在版编目(CIP)数据

我最喜爱的名人故事. 第3辑：英文 / （韩）李美玉等著. —西安：西安交通大学出版社，2009.8

ISBN 978-7-5605-3201-1

Ⅰ. 我…　Ⅱ. 李…　Ⅲ. 英语—儿童读物　Ⅳ. H319.4

中国版本图书馆CIP数据核字（2009）第146851号

版权登记：陕版出图字25-2008-021号

书　　名	我最喜爱的名人故事. 第3辑
编　　著	（韩）李美玉　等
译　　者	林嘉渼
责任编辑	黄科丰　杨　默
封面设计	贾臻臻
出版发行	西安交通大学出版社
地　　址	西安市兴庆南路10号(邮编:710049)
电　　话	(029)82668357　82667874(发行部)
	(029)82668315　82669096(总编办)
读者信箱	bj62605588@163.com
印　　刷	北京朝阳新艺印刷有限公司
字　　数	22千字
开　　本	787mm×1092mm　1/16
印　　张	3.5
版　　次	2009年9月第1版　2009年9月第1次印刷
书　　号	ISBN 978-7-5605-3201-1/H·950
本辑总价	138.60元（本册定价：19.80元）

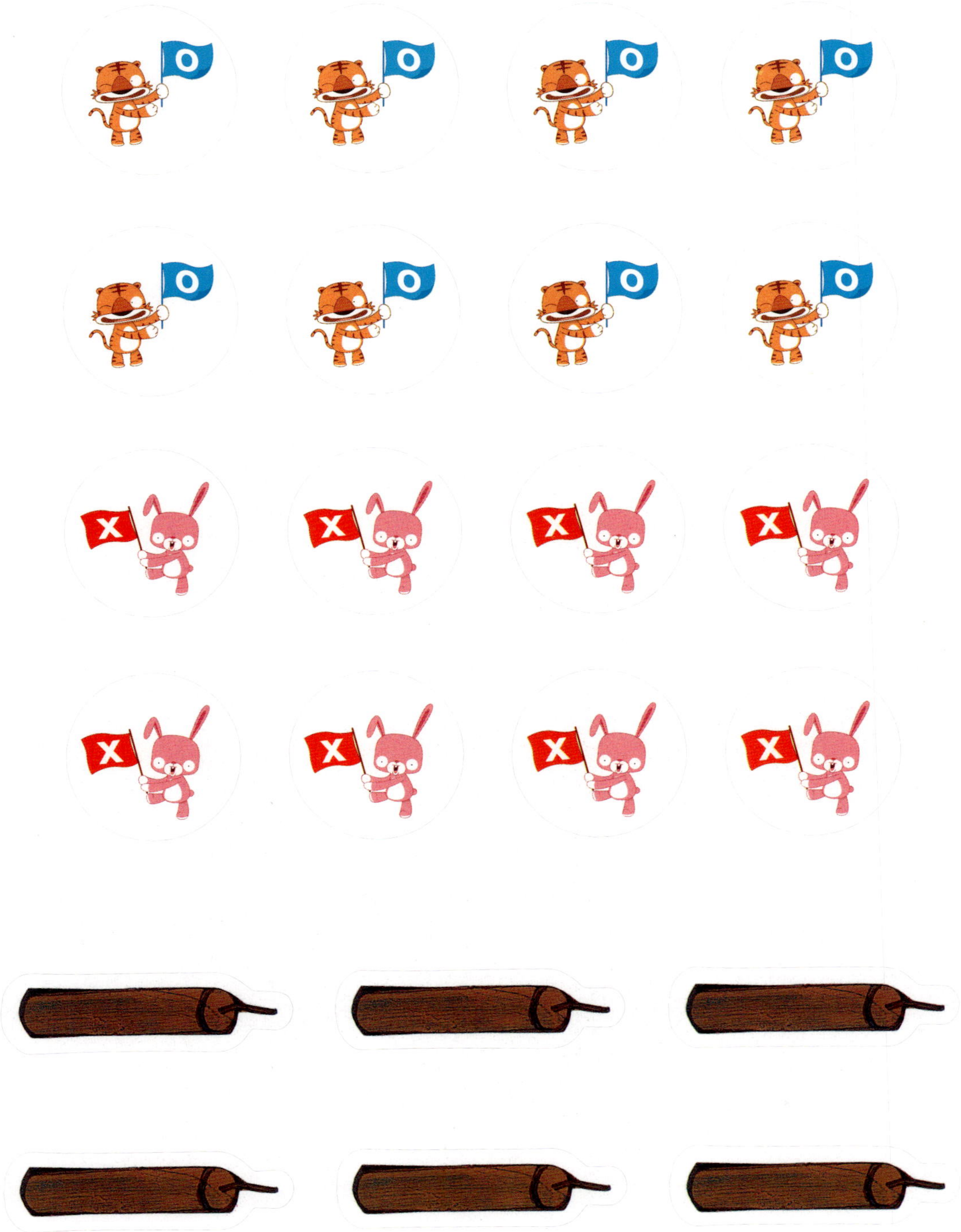